KB145676

거울 너머에 있는 너는 누구인가

일러두기

책 속 그림은 김성로 작가가 2000년부터 최근까지 그려 온 그림 중 글과 연관된 작품을 선별하여 엮은 것으로, 작품 하단 캡션은 작품명, 작품 크기, 사용 재료, 작업 연도순입니다.

작가의 말

홀로 길을 걷는 자는
어디서 와서 어디로 가는지
항상 처음부터 되물어야 한다
모두가 스스로 찾아야 한다
각자의 해답이 다르기 때문이다
미친 듯이 달리다가도
멈추어 돌아보는 발자국 뒤엔
모든 것이 자신만의 그림자

이 책을 읽는 분들이
주어진 삶을 사랑하고
사소해 보이는 것들에게도
애정의 시선으로 바라볼 수 있는
여유로운 삶을 살아가길
바라는 마음입니다.

작가의 말 002

나는 무엇인가

Who are you? What are you? 011
거울 앞에서 013
생각을 멈추고 015
모두 하나 016
인드라의 그물 019
지혜와 사랑 021
시인과 나 023
존재의 의미 025
마음 027
해암(海巖) 029
자연과 나 030
무욕의 계절 033
이상과 현실 035
살며 생각하며 037
자유 039
겨울 강, 그리고 배 041
산길 043
松鶴의 뜻 045
한 해를 보내며 047
화장장에서 049

살아간다는 것은

인생길 053
살아간다는 것은 055
그대에게 057
그대 고귀한 자여 059
걸어가면서 061
두물머리 강가의 풍경 063
서산 부석사 065
하나 되어 067
봄은 오는데 069
돌탑 071
상처 073
길 075
무소유 077
노인 079
추석성묘 081
발걸음 083
10월의 어느 날 085
산다는 건 087
이 가을엔 089
발길을 돌리며 091

꿈꾸는 새

꿈꾸는 새 095
비상(飛上) 097
새 한 마리 099
풀꽃 101
구도의 길 103
돌부처 105
지금 이 자리 107
붉은 단풍의 노래 109
갑사로 오르는 길 111
새와 둥지 113
기다림은 꽃으로 피어 115
회상 117
외로움 119
행복 121
갯마을 당산나무 123
어유지리의 밤 125
나무 이야기 127
가을에서 겨울까지 129
겨울새 131
모든 별들은 음악 소리를 낸다 133

살며 사랑하며

풍경 137
봄, 사랑으로 139
도화(桃花) 141
바다 143
변산반도 145
운주사 147
오대산 단풍 149
가을 151
목장의 바람길 153
경주 남산 155
가을의 호수공원 157
6월의 산정호수 159
구봉도 161
향일암 163
칠봉유원지 165
용문산 167
제부도 169
간월암 171
어선의 꿈 173
동학사 175

〈자화상〉
145.5×112.1cm, 캔버스에 아크릴, 2016

나는 무엇인가

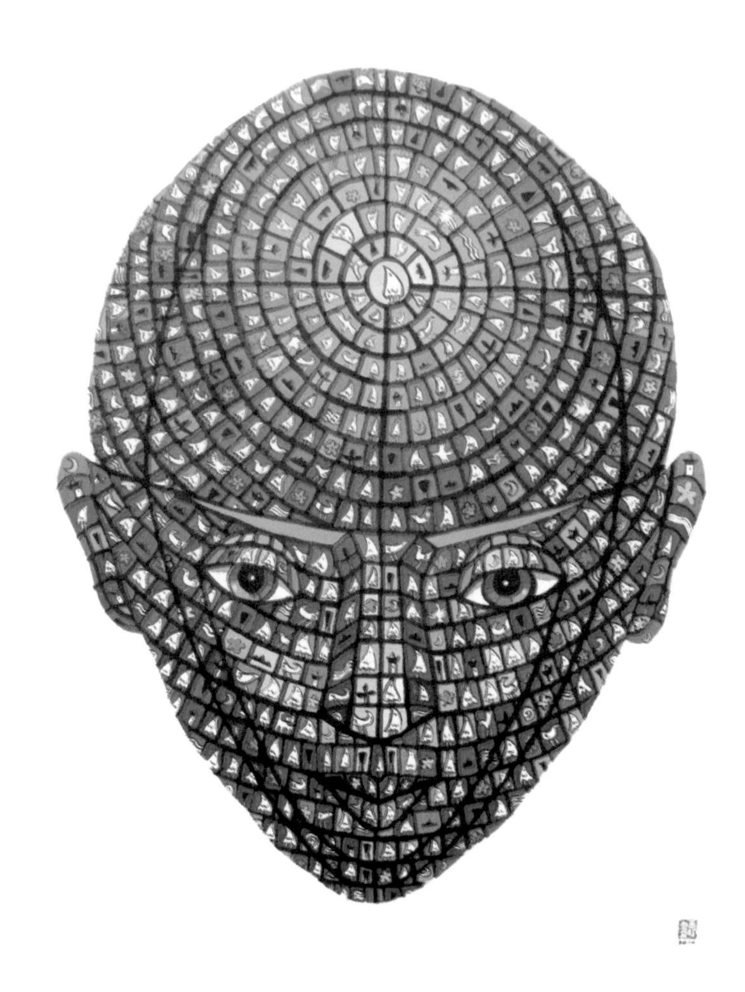

〈Who are you?〉
116.8×72㎝, 캔버스에 아크릴, 2010

Who are you? What are you?

우리의 삶이란 얼마나 깨지기 쉬운 달걀 같은 것일까?
그대 내일도 살아있을 것이라고 확신할 수 있는가?
죽음에 이르러 무엇이 필요할까?
육신도 버려야 하는데 하물며 돈이나 명예 따위랴
모두 부질없는 짓거리이다.
자신의 본성을 찾아 살아있는 동안이라도
밝게 당당하게 살아야 한다.
나란 무엇인가? 어디서 와서 어디로 가는가?
육신이야 부모로부터 물려받았지만, 그 육신을 키우고 존재케 하는 것들은 자연과 다른 사람과의 관계에서 온 것이다. 영혼, 감각, 감정, 생각 등은 내 것인 듯하지만, 아무리 따져보아도 자연과 세상과의 관계를 떠날 수 없다. 자연계 속에서 개인의 독자성은 서로 연관 지어진 개성일 뿐이다. 그러고 보니 '나'라는 독자적인 존재는 없다. 서로가 그물코처럼 연결되어 있는 개성적인 존재일 뿐이다. 하나의 그물코가 풀리면 전체의 그물코가 연쇄적으로 풀린다.
따라서 모두 평등한 가치를 지니며 동시에 모두 빛나는 존재이고, 모두 나와 연결된 하나이다.

〈거울 앞에서〉
30×30㎝, 한지에 아크릴, 2019

거울 앞에서

거울 너머에 있는 너는 누구인가

타인처럼 느껴지는 모습은

나의 지나온 삶의 껍질인가

강가에 서서 물에 비친 내 모습을 보고

여러 가지 표정을 지어보다가

이윽고 흐르는 물을 느낀다

흐르는 세월 그 뒤편의

떨어지지 않는 끈을 느낀다

거울에 비친 내 모습을 보다가

마음속에 비친 내 모습을 찾는다

·
〈생각을 멈추고〉
65×65cm, 한지에 아크릴, 2000

생각을 멈추고

밝은 별 하나가 머리 위에서 반짝인다

하늘은 어둡고 끝 간 데 없이 넓다

뭇 별들이 흩어져 있지만

나는 오직 하나의 별만 바라보고 있다

별이 빛이 되어 내게로 온다

빛은 나를 감싸고 나는 별이 된다

나의 영혼은 외롭고 초라하다

나는 작은 빛이다

더 밝고 큰 빛으로 나아가 하나가 된다

모든 영혼은 외롭고 초라하다

우리 모두는 사랑을 목말라하고 있다

할 수 있다면

모두 안아주고 싶다

같이 울어주고 싶다

모두 하나

나는 무얼까?

마음을 내려 바라보니 검은 허공에 밝은 빛

거기 너와 내가 있고 우리 모두는 원래 하나

〈모두 하나〉
70×140㎝, 한지에 아크릴, 2009

너를 사랑하지 않고는 나도 사랑하지 않음이니

눈앞의 모든 대상이 눈부신 아름다움

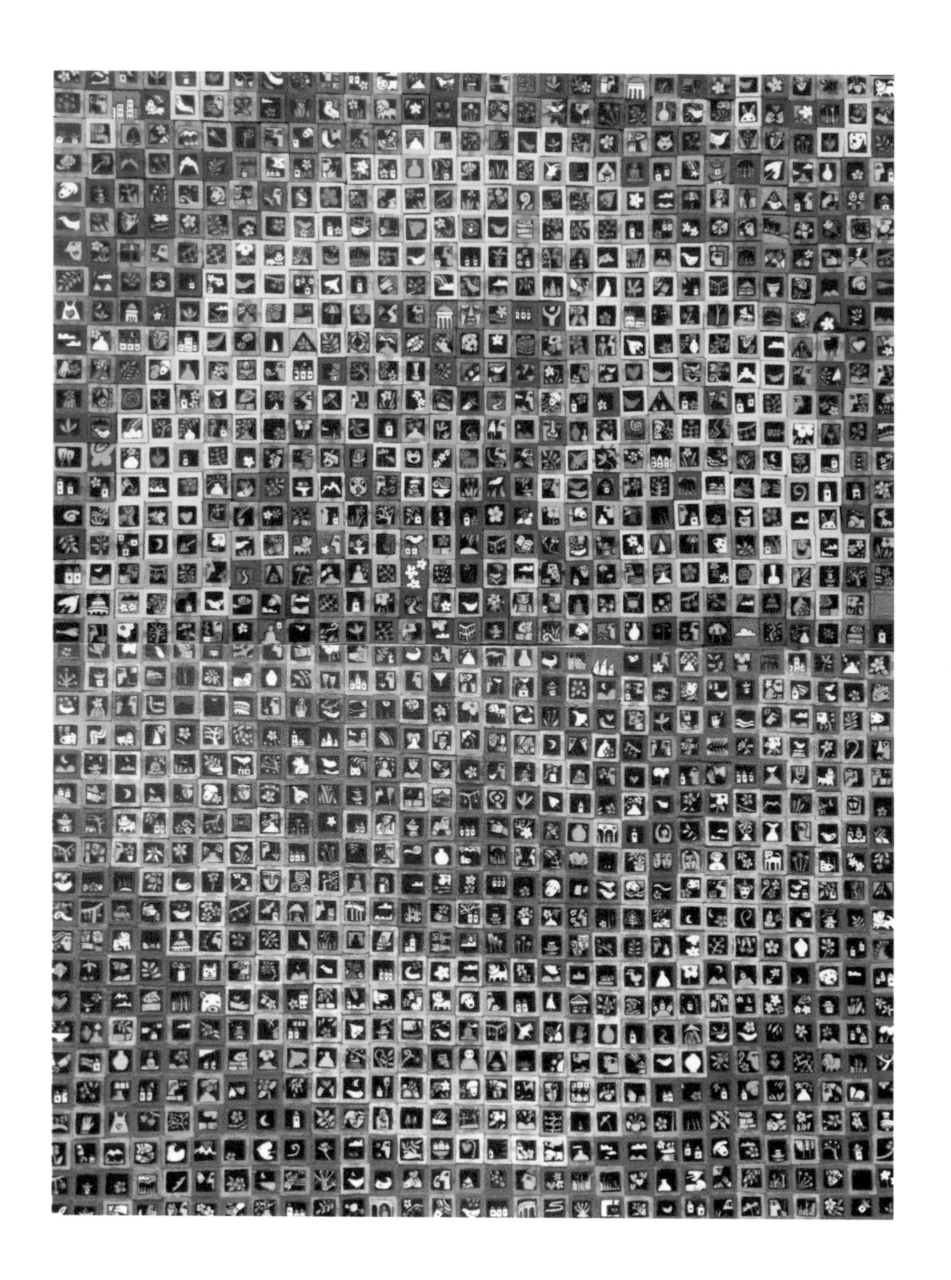

〈인드라망〉
160×122㎝, 캔버스+골판지+한지에 아크릴, 2018

인드라의 그물

우주 전체를 보았는가
인식의 한계를 넘어선 광대한 세계
그 속에서 지구는 먼지 알갱이 같은 극소립의 존재
지구에 머물러 살아가는 나의 존재여
인식할 수 있는 범위 저 너머 광활한 우주 속
차마 희미한 빛이라고도 할 수 없는
미미한 존재로 나는 머문다
우주를 인식하면 지상의 모든 것은 무가치하다
높다, 낮다, 귀하다, 천하다, 잘났다, 못났다는
모든 상대적인 가치는 의미를 상실한다
끝없이 넓은 우주 속에서
작은 한 점으로 머물다 사라지리니
무엇이 바르고 무엇이 그른가
무엇이 실재고 무엇이 허상인가
내 속에는 우주의 넓이처럼
또 다른 나노의 세계가 존재하니
아주 작은 것에서 아주 커다란 것까지
우주를 인식하는 자아로써
'나' 나름의 삶을 살아가고자 하는 것은
존재하는 기적들을 보고 느끼고 표현할 뿐

〈지혜와 사랑〉
70×70㎝, 한지에 수묵담채, 2001

지혜와 사랑

내가 아무것도 아님을 이해하는 것이 지혜라면
내가 전부임을 깨닫는 것이 사랑이다
어느 누구도 다른 사람보다
특별하거나 우월하지 않다
삶의 다양한 모습들은 그저
착각을 일으키는 눈속임일 뿐이다
한 사람이 특별하다면 우리 모두가 특별하다
창조적이 된다는 것은
다른 사람들로부터 쏟아지는 비난과 편견에도
흔들리지 않고 내면의 목소리를 믿는 것이다
재능이 자연스럽게 발휘할 수 있도록
그것을 가로막고 있는
방해물을 부숴버리는 것이다
우리 내면에 창조의 에너지가 반드시 존재하고
우리를 완전함으로 인도한다
너의 능력에 대한 불신과 공포를
이제 그만 내려놓아라
네 자신이 세상의 중심이 되어
느끼고 생각하고 행동하라

•
〈시인과 나〉
30×30*cm*, 한지에 아크릴, 2019

시인과 나

이 외로움의 정체는 무엇인가?

눈 덮인 들판을 헤집고 다녀도

구멍 난 독처럼 채워지지 않는 갈애

시인과 함께 식사를 하면서

시와 그림의 관계를 이야기하고

죽어버린 시에 대해 한숨을 토하고

포스트모더니즘의 한계를 떠올려도

다만

시인과 나와의 관계만 존재한다

텁텁한 해장국에 멋쩍은 미소를 지닌

나는 너를 사랑하고

비록 가난하지만 풍요로운 너의 글을 사랑한다

순수를 향한 그 몸짓을 사랑한다

눈 녹아 질퍽해진 길을 걸으며

인드라망을 떠올린다

〈존재의 의미〉
122×45㎝, 캔버스에 아크릴, 2017

존재의 의미

나무는 나무대로 어울려있고

꽃은 꽃대로 어울려 피어

각기 제 모습대로 화사하게 뽐내고 있다

코스모스 꽃은

해바라기 꽃을 부러워하지 않는다

크면 큰 대로, 작으면 작은 대로

희면 흰 대로, 붉은 것은 붉은 대로

제각기 모두 당당하다

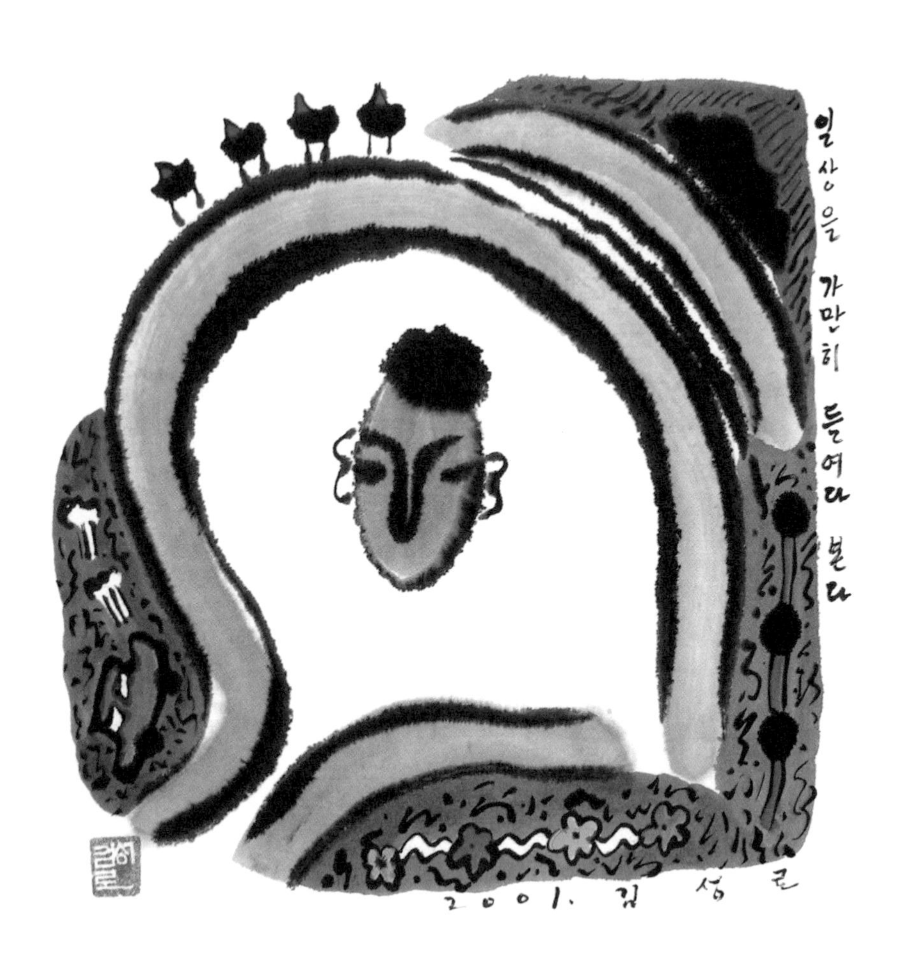

〈마음〉
40×40㎝, 한지에 아크릴, 2001

마음

나이 들어 머리가 반백인데

가만히 마음속 들여다보니

설레고 두려웠던 어린 시절 그 마음

켜켜이 쌓은 세월 속에 숨어

동네 한 바퀴 돌도록 숨바꼭질한다

〈해암〉
70×70㎝, 한지에 아크릴, 2008

해암(海巖)

파도야

내가 얼마나 더 부서져야

백사장처럼

너를 품에 안을 수 있단 말이냐

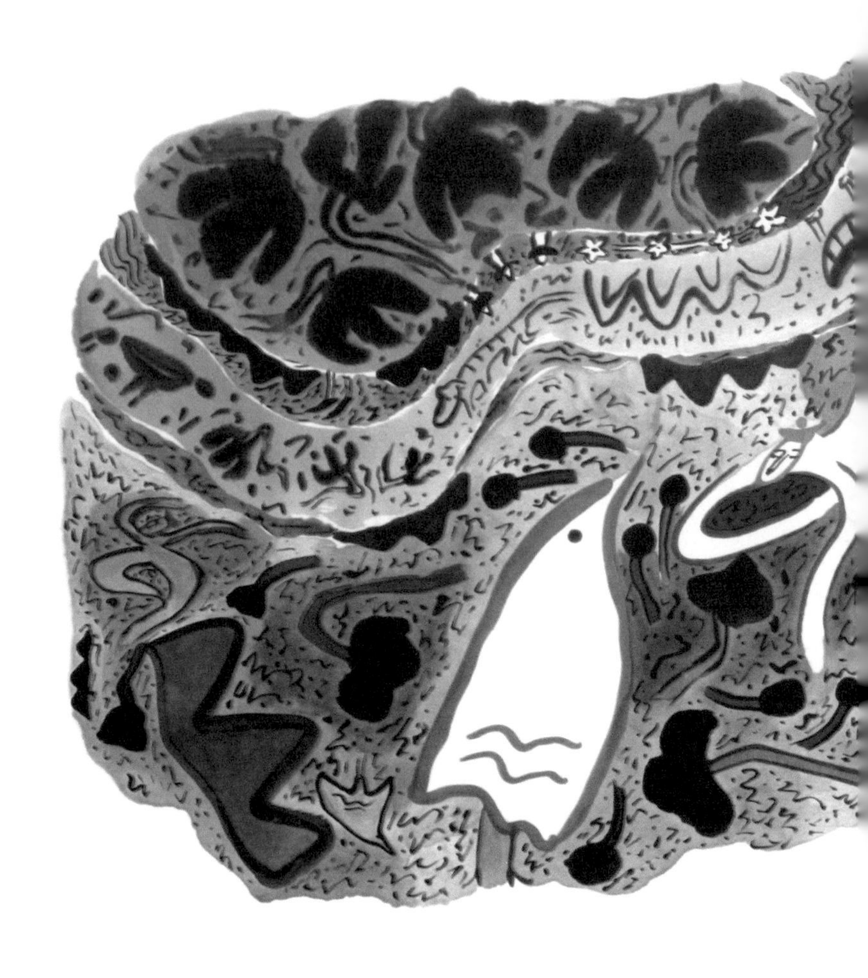

자연과 나

바람이 멎고

나뭇가지도 울음을 멈추었다

사람은 보이지 않고

나무들만 내 주위를 감싸고 있다

〈자연과 나〉
70×140cm, 한지에 아크릴, 2000

갑자기 모든 풍경이 정지되었다

나는 나무가 되었다

나는 산이 되었다

나는 바람이 되었다

자연과 나 혼자만이 서로 마주 보고 서 있다

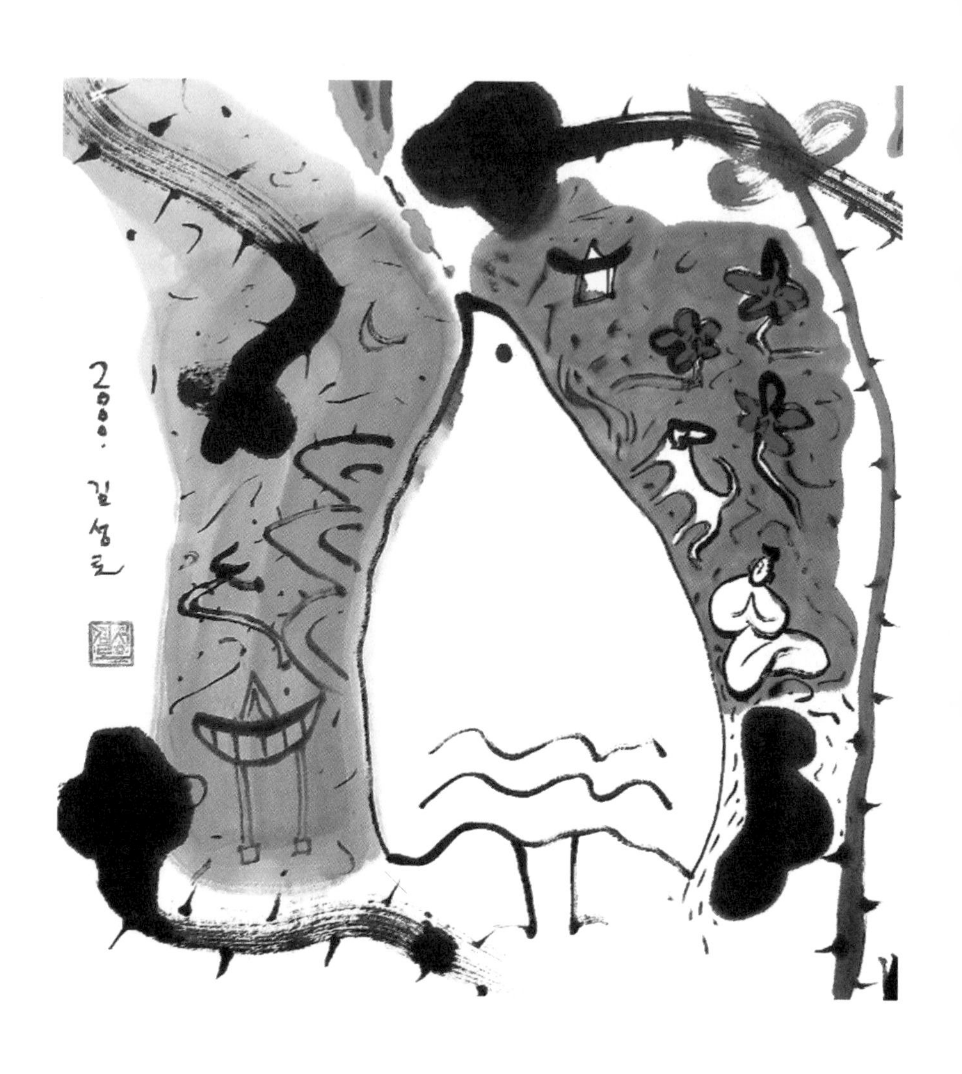

〈무욕의 계절〉
70×70㎝, 한지에 아크릴, 2000

무욕의 계절

하얀 새 홀로 겨울비를 맞고 있으니
초겨울 새싹마냥 스스로 측은하다
하늘이고 들판이고 보는 사람 마음이니
빗속이든 바람 속이든 무슨 상관있으랴만
'스스로를 등불로 삼고 의지처로 삼는다.'

•
〈이상과 현실〉
91×116.8㎝, 캔버스에 아크릴, 2012

이상과 현실

이상은 꿈으로 날아오르고

현실은 언제나 길 위에서 납작하다

틀 밖의 바람 냄새를 맡고 있는 새

투명한 유리병 속에 스스로 갇혀서

자신의 날개만 쳐다보고 있다

바람, 그 푸른 기류를 타고 날아오르라

모든 것은 나르려는 의지다

투명한 유리병은 있는 것처럼 보이는 틀일 뿐

세상이 만들어 놓은 부서지지 않는

견고한 틀인 듯싶지만

사실은 자기 스스로 만든 것

저 푸른 창공을 향하여

그대, 거침없이 날아오르라

•
〈살며 생각하며〉
70×70*cm*, 한지에 아크릴, 2000

살며 생각하며

걸어간다

온 생애를 한순간으로

살다 보면

맑은 날도 있고 흐린 날도 있지만

돌아보면 모두

봄날의 아지랑이

하루하루가 쌓여 한 생애가 되고

지나간 일, 다가올 일

다만 애간장만 끓이나니

물에 비친 달그림자

한갓 꿈일레라

더 이상 집착해 무엇하리

매 순간이 한 생애인 것을

〈자유〉
70×70*cm*, 한지에 아크릴, 2003

자유

우리는 항상 자유로운데도 불구하고

우리가 속박되어 있다고 상상하면서

자유로워지기 위해

힘든 노력을 하고 있다

•
〈겨울 강, 그리고 배〉
70×70㎝, 한지에 아크릴, 2011

겨울 강, 그리고 배

얼어붙은 강물 위로 노를 저어가랴

저 뿌연 안개 너머로 목마른 그리움

그대의 마음이 녹기를 기다려

긴 겨울 모진 추위 속에 꼼짝 않고 멈추었으니

다가와 뜨거운 입김으로 언 발을 녹여다오

그대와 나

온몸에 훈훈한 피가 흐를 수 있도록

그대는 나를 잡아두고 왜 그렇게 모르는 척하는가

찬 얼음 뿌연 베일 너머로 그대 영혼은 멀어져 가고

메마른 나목만으로 손짓하는 두물머리

발돋움하기도 서러워

외로이 강가에 주저앉아 있다

•
〈산길〉
30×30*cm*, 한지에 아크릴, 2019

산길

산길을 걷다 보니

뒤에서 돌아가신 어머니의

깊은 한숨 소리가 들린다

혹시나 하여 돌아보니 아무도 없다

어머니 한숨 소리에는

서러움과 이유 모를 눈물이 함께 있다

•

〈송학의 뜻〉

45×45*cm*, 한지에 아크릴, 2001

松鶴의 뜻

백학이 날아간 자리에
청량한 학 울음소리 남아
푸른 솔밭이 더욱 싱그럽다
절벽 위 노송에 앉은 백학
강물에 그림자 드리우건만
탁류에 사는 물고기에겐
빛을 가릴 그늘만 소중하지
청아한 그 소리가 들리지 않네
노송은 천 년을 살고
백학은 수시로 찾아오니
맑다가 흐린 강물이야
松鶴의 뜻과는 무관하다
교교한 달빛이
천지 사방을 비추니
노 젓는 뱃사공이 눈을 들어
맑은 풍광을 감상하네

〈한 해를 보내며〉
45×45cm, 한지에 아크릴, 2007

한 해를 보내며

무상한 세월의 강물

지인들과의 인연 따라 강둑에 앉아

잠시 지켜보던 그 지난날의 시어들

강물에 일렁였던 작은 파문들 모두

이제 세월 속으로 묻혀 가는구나

돌아보면 모두 무상하련만

아직 비우지 못한 마음들

나뭇가지 끝에 매달린 낙엽처럼

지난 세월의 흔적들이 잔 떨림으로 남는다

이제 정리를 위해

작은 방에 촛불 하나를 켜 두어야겠다

〈화장장에서〉
45×45㎝, 한지에 아크릴, 2009

화장장에서

"엄마가 타고 있잖아!"

"엄마가 타고 있잖아!"

소녀의 울음 섞인 나지막한 절규에 모두들 억장이 무너지고 있었다. 찌는 듯한 무더위 속에도 더 이상 지켜볼 수가 없어 괜히 이곳저곳을 서성대는 사람들 틈으로 매미 소리가 지루하다.

"사람은 죽으면 그만인 겨."

밤을 꼬박 새워 퉁퉁 부은 얼굴로 눈물 자국조차 닦을 생각도 없이 넋 놓고 앉아 중얼대는 아낙의 이마엔 땀방울이 송글송글 맺혀있다.

"죽은 몸이야 아픈 줄 알아, 뜨거운 줄 알아. 살아서 얼마나 행복하게 보냈는지가 문제지."

애써 냉정해 보려는 사내의 등이 점점 굽어가고 있었다.

TV에선 탈레반이 인질 1명을 살해했다고 보도하고 있었다.

더 이상 아무도 말을 꺼내지 않았다.

모두들 너무도 갑작스럽고도 현실적인 삶과 죽음의 현장에서 타고 있는 것이 자신의 몸이라고 생각하는 듯했다.

화장이 끝나고 타고 남은 회색빛 뼛조각과 가루를 보고 모두의 가슴이 뭉텅 내려앉는데,

"저게 뭐야!"

어린 소녀의 울부짖음만 섬뜩하다.

〈살아간다는 것은〉
45×45㎝, 한지에 아크릴, 2008

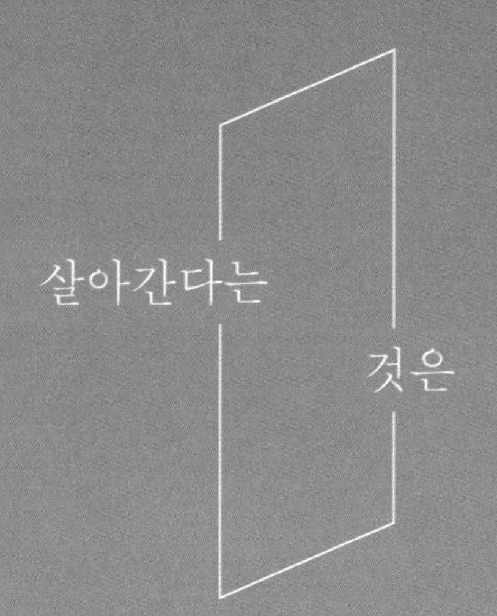
살아간다는
것은

〈사랑 이야기〉
116.8×91cm, 캔버스에 아크릴, 2019

인생길

길을 가다 보면 강도 있고, 산도 있습니다
가시밭길도 있고, 함정도 있습니다
가슴엔 푸른 꿈과 맑은 눈빛을 가진 우리
아직 우리의 팔과 다리는 너무 연약합니다
길을 가다 보면 알게 됩니다
포기하고 쓰러진 자들은
팔과 다리가 약해서가 아니라
꿈과 눈빛을 잃어버린 사람이라는 것을요
길을 가다 보면 동행자를 만날 것입니다
아무리 어린 나이와 신분이라도
푸른 꿈과 맑은 눈빛을 가진 자는
내 길의 진정한 스승이랍니다
길은 앞으로 뻗어 있습니다
많은 유혹이 있고
때론 바보 같다는 비난도 들을 것입니다
그래도 우리는 그 길을 걸어가야 합니다

〈살아간다는 것은〉
30×30㎝, 한지에 아크릴, 2019

살아간다는 것은

살아간다는 것은

죽음을 등에 업고 걸어가는 것

비록 지금 걷는 길이 자국자국 고통이고

뱉어내는 소리 한숨일 뿐이라도

살아서 할 일이 있고 죽어서 할 일이 있다

숨 한 번 돌이키면 피안인데

허황한 집착으로 짧은 생을 낭비하랴

찬사와 격려 질시와 비방

모두 나의 분신이고 모두 나의 스승이다

꽃이 피면 즐겁고 소쩍새 울면 외로운 법

모든 것은 깨고 나면 한바탕의 꿈이려니

꽃을 보듬는 마음으로 살아있음을 즐겨야 하리

•

〈그대에게〉
30×30*cm*, 한지에 아크릴, 2019

그대에게

우리들은 모두 똑같답니다
아무런 차이도 없답니다
모두 사랑을 받고 싶어 합니다
모두 인정을 받고 싶어 합니다
모두들 나름대로 꿈을 꾸고 있으며
가슴속에 밝은 빛을 품고 있습니다
우리는 자신이 얼마나 아름다운지
있는 그대로의 자신이 얼마나 소중한 것인지
어려운 환경 속에서도
꿈꾸는 대로 반드시 이루어진다는
희망의 불씨를 항상 품고 있습니다
우리 모두 각각 맑고 밝은 빛 덩어리입니다

〈고귀한 그대〉
30×30cm, 한지에 아크릴, 2019

그대 고귀한 자여

그대 고귀한 자여

그대의 고통이나 괴로움은

나의 고통이고 괴로움이다

그대의 기쁨이나 사랑의 마음은

나의 기쁨이자 사랑이다

우리는 서로 빛나는 존재이며

서로 연결되어있는 하나이다

그대의 깊은 사유는

즉시 모든 자에게 연결된다

그대 고귀한 자여

결코 열등감으로 하여

자신을 학대하거나 괴롭히지 마라

모든 상대적인 것들은 단지 허상일 뿐이다

그대는 지금 있는 그대로 빛나는 존재다

그대 죽음이 이 순간 다가오더라도

결코 허둥대지 않도록 항상 당당하라

〈걸어가면서〉
65×65*cm*, 한지에 아크릴, 2003

살아간다는 것은

걸어가면서

삶이란 끊임없이 비교당하며
순간순간 선택하고 선택당하는 것 같습니다
이 와류에 휩쓸리면 초심을 잃어 헤매고
완전히 절연하면 자기함몰(mannerism)에 빠져버립니다
현명한 자는 비교라는 상대적인 가치를 떠나서
자기완성을 향해 꾸준히 걷는 사람입니다
시류를 외면하지도 않고
시류에 휩쓸리지도 않아서
상처를 주지도 않고 상처를 받지도 않습니다
겉으로는 끊임없이 번뇌하고 고뇌하지만
속으로는 항상 평온한 사람입니다
'나'라는 개인의 작은 소견으로 잠시 흐려지기도 하지만
모두의 가슴속에는 스스로
맑고 밝은 빛을 품고 있기 때문이지요
멈추어 있는 것은 썩어가는 것이다
생은 서 있는 것이 아니라 걸어가는 것이다

•
〈두물머리 강가의 풍경〉
60.6×72.7㎝, 캔버스에 아크릴, 2019

두물머리 강가의 풍경

돛을 내린 빈 배 홀로
저문 강 노을 속에 흐느끼고 있다
젊은 남녀는 웃음소리를 남기고
어두워져 가는 강변길로 사라져 갔다
속살을 파고드는 추위 속에도
어쩌면 영원히
벗어날 수 없을지도 모르는
천형 같은 외로움이
일렁이는 강물 위 노을빛에 일어선다
석등에 불 밝혀라
시든 연잎에 찬 물방울을 굴려라
서둘러 둥지를 찾아 날아가는 철새들
이곳에 좀 더 머무르게 하여
벗어날 수 없는 고독을 더하게 하라
홀로 걷기에는 너무 서러운
두물머리 쓸쓸한 강물 위로
11월 늦가을 하얀 초승달이
붉어가는 노을 위로 별빛처럼 빛나고 있다

•

〈서산 부석사〉

70×70cm, 한지에 아크릴, 2008

서산 부석사

오랜 세월에 바래었는가
단청 없는 누각에 빈 겨울바람 소리
두 손을 엉덩이 속에 찌른 동자승 석불이 맞는다

스님, 두 손은 어찌 뒤로 두었는지요?
내겐 숨길 것이 하나도 없기 때문이지요

조금 더 오르니 젊은 석불과 늙은 석불이
마주 보고 서 있어 합장하고 길을 물으니

젊은 스님은 먼 산만 바라보고
노스님은 바위에 올라 넓은 바다만 바라본다

산신각 뒤의 범상치 않은 바위
온갖 형상마다 불전함과 기도 자국들
기복이려니 하여 무심히 돌아서려는데
문득 가슴 속에서 찌르르 울려오는 소리

오르는 마음은 절실한데
내려가는 마음은 어떤고

〈하나 되어〉
45×45㎝, 한지에 아크릴, 2008

하나 되어

산다는 것은 만남이다
눈에 보이는 모든 것
귀에 들리는 모든 것
보이지도 들리지도 않는 모든 것
만나고 헤어지고 잊혀도
외로운 영혼은
항상 만남을 새로워한다
혹시 못 알아보더라도
우연히 스쳐 지나가거든
그저 빙긋이 웃어주시게

〈봄은 오는데〉
30×30㎝, 한지에 아크릴, 2019

봄은 오는데

설익은 명예와 지위로 가슴이 가득 찬 자는
길가의 야생화가 주는 의미를 알아차리지 못한다
겨우내 봄을 기다리며
꽁꽁 언 땅속에서 연약한 순을 키워 올리는
가녀리지만 멈추지 않는 야생화의 꿈은
작은 노랑꽃으로 피어나고
높고 넓은 하늘만 바라보느라
어깨에 힘이 잔뜩 들어간 자는
봄 햇살에 화사하게 부서지는
들꽃의 아름다움이 보이지 않는다
일렁이는 따사로운 봄 향기를 떨쳐 올리며
이제 막 개화한 들꽃의 인내와
기적의 이야기를 듣지 못한다
그리하여 야생화가
무심한 구둣발에 밟혀 허리가 끊어져도
설익은 지식과 독선으로 가슴이 가득 찬 자는
어떤 일이 일어났는지 알아차리지 못한다

〈돌탑〉
70×70㎝, 한지에 아크릴, 2004

돌탑

돌 하나는 나고

돌 하나는 너다

네가 무너지면 나도 무너지고

내가 무너지면 너도 무너진다

가슴 속 불같은 화는

하늘을 태우고, 주위를 태우고

나중에는 자신까지 태우는 법

사랑하는 사람아

할 수 있다면 모두를 용서하고

어떤 경우에도

사랑하는 마음을 잃지 않도록 하자

〈상처〉
50×50㎝, 한지에 아크릴, 2008

상처

우리 삶에서

고통과 고민이 없던 적이 있던가?

끊임없이 밀려와 부딪치는 파도처럼

천년 세월 깎인 바닷가 바위처럼

세파에 시달리며 둥그러진 조약돌

인고의 세월과 고통의 흔적들이 쌓여

둥그러진 암석 틈에 뿌리내린 해송에겐

모진 비바람이 생명의 원동력이고

고통과 번민은 이해와 포용의 지혜

당신, 아파하지 말아요

눈물과 고통과 번민은

그대를 성숙하게 하는 자양분

당신의 삶이 더욱 풍부해질 거예요

〈길〉
70×70㎝, 한지에 아크릴, 2008

길

상처받고 피를 흘리며
길 아닌 길을 헤매는 자여
철새도 제 갈 길을 알고
고기도 제 갈 길을 알건만
욕망의 그물에 걸려
어느 깊은 심연 속을 헤매는가
들꽃도 스스로 꽃을 피우고
흐르는 물도 제 길을 따라
거세지기도 하고 유유하기도 하며
순환의 길을 흐른다
모두에겐 각자의 길이 있으니
이 길만 바르다고 외치지 말라
눈 먼 송사리 떼 길을 잃고 헤맨다

•
〈무소유〉
70×70㎝, 한지에 아크릴, 2000

무소유

길을 걷는 자는
어디서 와서 어디로 가는지
항상 처음부터 되물어야 한다
사라진다는 것은 모든 존재의 숙명
점점 좁아지는 길로 걸어가면서도
왜 걷는지 자꾸 되짚어 보아야 한다
법정스님이 돌아가셨다
무소유, 무소유라
남은 흔적마저 지우고 싶어 하셨다
모두가 스스로 찾아야 한다
각자의 해답이 다르기 때문이다
미친 듯이 달리다가도
멈추어 돌아보는 발자국엔
모든 것이 자신만의 그림자
허공을 나는 새가 발자국을 남기랴?
꽃샘 찬바람은 빈 나뭇가지를 흔들고
후두둑 내리는 봄비
젖은 낙엽 밑에는 푸른 싹들이 솟고 있다
우리 곁에서 꽃 한 송이가 피어난다는 것은
얼마나 놀라운 경이로움인가?
스님의 한마디가 자꾸만 맴도는 봄날
혼자서 길을 걷는 자는
어디서 와서 어디로 가는지
처음부터 다시 되짚어 보아야 한다

〈노인〉
65×65㎝, 한지에 아크릴, 2003

노인

좁고 가파른 계단
어둡고 힘든 길을 오르다가
어느 모퉁이에서 서서히
허물어져 가는 삶

부디 건강해라
살아보니 건강이 제일인 거라
하나도 아프지 않다고
한사코 고개를 젓는 노인
말기 암으로 3개월째 물만 먹고 산다
이제 다시 보지는 못할 터

허, 다 필요 없는 기라
모두 사라져 가는 기라
봐라, 아무것도 못 가져간데이
그리고 무덤 속으로 가면
하나하나 잊히는 게 인생이다
마, 잊어뿌리고 사는 게 인생이다. 그제?

〈추석 성묘〉
70×70*cm*, 한지에 아크릴, 2008

추석 성묘

부모님 산소를 찾아뵙고
술 한 잔 올리고 엎드리자니
저 건너 묘소에 엎드려 우는 여인아
고인을 위하여 우느냐
자신을 위하여 우느냐
무슨 정한이 그리도 깊더냐
무슨 설움이 그리도 절절하더냐
묘지 너머 저녁노을이 불타오르고
반대편 하늘엔 이미 보름달이 솟고 있거늘
오열을 그치고 일어설 줄 모르는구나
결국 모두들 이처럼 흙으로 돌아가는구나
천만고 부귀 영웅호걸이 실로 부질없구나
살아서 마음 편히 여행길이라 생각하고
하늘이 저리도 아름다우니
살아있음을 즐겨야 하는구나

•
〈발걸음〉
30×30㎝, 한지에 아크릴, 2019

발걸음

오늘

내딛는 발걸음이

새로운 가지처럼 뻗어

새로운 生을 만든다

새 발걸음

그 떨림의 진동

감동으로 발걸음을 뗀다

거친 풍랑에도

버티는 다리처럼

당당함으로

•

〈10월의 어느 날〉
90.9×72.7㎝, 캔버스에 아크릴, 2019

10월의 어느 날

무르익은 가을도 아니고 뜨거운 여름도 아닌 평범한 10월의 어느 날. 눈 비비고 일어난 아침은 새벽안개로 덮여 베일 너머로 감추어진 그리움 같은 것, 이유 모를 슬픔 같은 것들에 촉촉이 젖어 있다가 옅은 아침 햇살에 작은 희망처럼 부스스 일어서고 있었다. 갑자기 스산해진 날씨에 가을 숲은 붉게 멍들어 가는 단풍잎과 퇴색되어 가는 잡초로 덮이고 푸른 하늘을 배경으로 연약한 거미줄에 매달린 나뭇가지가 허공에 떠 있어 왠지 가벼운 삶의 비애를 느끼게 하는데, 가을 햇살은 투명하게 나무 사이로 비집고 들어와 자꾸만 그늘을 찾아 몸을 숨기게 되는 발밑 그늘 속, 키 작은 야생화는 누가 보든 말든 싱글거리며 웃고 있었다. 가을빛 그늘 작은 습지 웅덩이에 하늘 구름이 머문다. 푸른 물이끼와 하얀 구름이 엉켜 있는 곳. 작은 물고기가 하늘을 나르고 갈댓잎은 아래로 내려가 하늘에 닿아 있다. 가장 낮은 곳 웅덩이에도 하늘이 있다. 그런데도 햇살은 수면 위로 반사되어 진정 깊숙한 바닥에는 닿지 못하고 있었다. 습지 웅덩이 옆의 버려진 폐가. 모두가 떠난 가장 낮은 곳. 거기엔 하늘을 향해 억세게 자라는 해바라기가 있었고, 끈적이는 가시가 달린 덩굴 잡초가 비비 꼬며 위로 솟으려는 해바라기를 악착스레 붙잡고 있었다.

〈산다는 건〉
65×65㎝, 한지에 아크릴, 2003

살아간다는 것은

산다는 건

한 번 세상에 태어났으니 즐겁게 살아야지

희로애락 절절한 사연이야 가슴에 사무치지만

돌이켜 생각하니 내가 스스로 자처한 길

나그네처럼 스쳐 가는 여행길이라

바위투성이 암벽도

가시투성이 비탈길도

비켜가고 싶은 생각은 없다

다만 허상에 빠지지만 않기를

욕심에 너무 집착하지 않기를

산이 말없이 지켜보듯이

삶을 그렇게 즐길 수 있기를

•
〈이 가을엔〉
70×70㎝, 한지에 아크릴, 2010

이 가을엔

이 가을엔

작은 거울 하나를 준비해야겠습니다

그리곤 거울 속의 나를 자주 들여다보아야겠습니다

나를 버리라고들 하지만

이 가을엔 자주 나를 찾아보아야겠습니다

갑자기 스산한 바람이 불어오면

붉게 변한 벚나무 잎이 힘없이 떨어지기 때문입니다

무너지는 낙엽처럼

나를 잃어버릴 것 같기 때문이랍니다

이 가을엔 작은 거울 하나를 준비해야겠습니다

그리곤 거울 속의 나를 자주 칭찬해 주어야겠습니다

계절의 추억이 쌓인 은행나무가

호화롭게 반짝이기 때문입니다

그 빛이 너무 눈부셔 내 모습이 초라해 보입니다

비어 버린 가슴에 가을을 품으면

신종플루에 걸릴지도 모르지요

그래서 작은 거울 하나를 준비해야겠습니다

자주 거울을 들여다보며

가을에 빠지지 않도록 마음을 다져야겠습니다

〈발길을 돌리며〉
70×140㎝, 한지에 아크릴, 2010

발길을 돌리며

이제 발길을 돌려야만 한다
매일같이 거닐었던 교실 계단과
서정천변의 둘레길과 운동장
아직도 마음 한구석 나를 묶어두고 있는 것은
사슴의 눈을 닮은 아이들의 맑은 눈동자
일상에 쫓기듯 숨 막히게 바쁜 선생님들의 발걸음
모두 떠난 텅 빈 교정의 적막함
이 모든 풍경이 4년의 시간 속에서
출렁거리기 때문이다
내가 떠난 뒤에도 학생들은 어제처럼
운동장을 뛰어다닐 것이고
이 계절이 다하기도 전에
언제였느냐는 듯 잊어버릴 것이다
그것도 좋다 아니 그것이 좋다
살아간다는 것은 만남과 헤어짐의 연속이기 때문이다
잊지 말아라 모두 잊더라도 이것만은 잊지 말아라
어디에 있든 네가 이 세상의 중심이란다
코스모스 꽃은 해바라기 꽃을 부러워하지 않는다
들판의 야생화는 키가 크든 작든 모두 스스로 당당하다
어떤 역경을 만나 고난과 성공과 실패를 당할지라도
너희는 지금 있는 그대로 빛나는 존재인 것이다
그대여! 언제 어디에서든 스스로 당당하라

〈새〉

22×30cm, 한지에 아크릴, 2019

꿈꾸는
새

•
〈꿈꾸는 새〉
65×65*cm*, 한지에 아크릴, 2008

꿈꾸는 새

안정과 평화의 요람에 길들어

푸른 하늘을 꿈꾸지 않는 새는 날지 못한다

절벽에서 몸을 던지는 어린 새의 용기

둥지를 벗어나 하늘로 뛰어내린 어린 새의 외침

훌훌 털어버린 자유로운 비상

그대 깨어있는 영혼, 예술인이여!

•
〈비상〉
22×30㎝, 한지에 아크릴, 2019

비상(飛上)

푸르고 아찔한 비상을 위해서는

양파 껍질 까듯 알맹이 없는 속을 벗겨야 한다

벗기고 또 벗기어 자신마저 버린 후

태초의 자아를 인식한 者만이

비로소 아무도 가보지 않은 푸른 세계를 볼 수 있다

•
〈새 한 마리〉
30×30㎝, 한지에 아크릴, 2019

새 한 마리

어쩌다
실내로 날아든 새 한 마리가
유리창을 통해
밖으로 나가려고 퍼덕인다
나가려는 욕망이 가득하니
주위를 살필 줄 모른다
우리네 삶과 다르지 않다
어리석은 욕망이라니

•

〈풀꽃〉

40×40㎝, 한지에 아크릴, 2005

풀꽃

작은 것들의 아름다움은

스스로 외로워 보지 못한 사람은 모른다

수많은 꽃이 제각기 무더기로 어울려

화사하게 피어 있지만

그것들은 단지 무리일 뿐이다

넓고 검은 하늘에 가녀린 초승달 하나

외롭게 별빛과 어울려 떨고 있듯이

무리에서 벗어나 홀로 밤을 지새우는

풀잎에 가려 홀로 피어있는 야생화

꿀벌들이 날아오지는 않지만

길 잃은 나비 한 마리

어쩌다 찾아와 준다면

그걸로 족하다

마음대로 별들과 대화하고

아무와도 비교당하지 않는

너 풀꽃은 완전한 자유를 꿈꾼다

〈구도의 길〉
40×40㎝, 한지에 아크릴, 2001

구도의 길

구도의 길을 가는 자

달빛이 흐르는 강물에 부서져

고운 임의 모습 잘 보이지 않아도

노 저어 건너시는 사바세계

부디 성불하소서

별빛이 맑은 강변에 앉아

새벽이슬이 내리도록 지켜보려니

•
〈돌부처〉
45×45*cm*, 한지에 아크릴, 2001

돌부처

누가 바위 속에서 부처를 보았는가?

터무니없는 비례와 비현실적인 묘사력

피와 땀과 헌신으로 뭉쳐진 덩어리

가슴을 저리게 하는 저 형상은 무언가?

치워라! 어설픈 미감으로 들이대지 마라!

그 형상이 곧 바라보는 너인 것을

다녀온 지 수년이 지났는데도

내 마음속엔 운주사의 석불과 석탑이 가득하다

·
〈지금 이 자리〉
140×70㎝, 한지에 아크릴, 2009

지금 이 자리

여기 이 자리
두근거리는 심장 소리를 들으라
수많은 소리가 서로 공명하여
둥, 둥, 둥 힘차게 고동치는
젊음의 맥박 소리를 들으라
고귀한 땅의 고귀한 사람, 그대여
우리의 연약한 팔다리엔
강대한 의지가 깃들어 있고
우리의 작은 가슴엔
세계를 포용하는 야망이 깃들어 있다
누군가 너를 보잘것없다고 비웃거든 웃어주어라
누군가 너를 해하려는 자가 있다면
그 가여운 영혼들을 용서해 주어라
우리의 이상은 높고 결코 좌절하지 않을 것이므로
우리에게 거칠 것은 아무것도 없다
우리의 열정은 끓어오르는 용광로와 같다
지금 이 자리
우리의 찬란한 꿈을 펼쳐라
그대, 활화산처럼 불타오르라!

•
〈붉은 단풍의 노래〉
140×70㎝, 한지에 아크릴, 2009

붉은 단풍의 노래

타오르는 붉은 마음이여
곧 떨어짐으로 마지막 피를 토하는 절규여!
봄부터 아니 지난 겨울눈으로부터
모진 계절을 견디고 숱한 세월의 흐름을 지켜보다
이제 마지막으로 붉은 丹心으로 한 생을 불사르니
눈을 들어 나를 보라
연약한 싹으로 북풍한설을 이겨내었다
세찬 폭풍에도 악착스레 나뭇가지를 붙잡고 있었다
말려버릴 듯한 태양의 뜨거움도
나에겐 삶의 활기였으며
애벌레가 나의 몸을 갉아 먹어도
내겐 생의 기쁨이었다
마지막으로 온몸을 태우며 일러주노니
몸과 마음을 다해 자신의 삶을 노래하라
곧 나의 몸은 말라비틀어져 힘없이 떨어질 것이니
아낄 것이 아무것도 없고 숨길 것이 하나도 없다
연약한 잎 하나도 이럴지니
그대여 남은 생을 활활 태워 찌꺼기 하나 남기지 말라
그러고도 다하지 않은 여분이 있거든
낙엽처럼 온몸을 바쳐 모두에게 거름이 될지니
아직도 갈 길을 찾아 헤매는가
수천 나뭇잎 중에 나는 어디 있던가
보아라 누구에게나 삶은 이런 것이다

〈갑사로 오르는 길〉
70×70*cm*, 한지에 아크릴, 2009

갑사로 오르는 길

새벽의 푸르름이 숲길 나무들을 깨우고 있다
가을은 어디를 보더라도 아름답다
커다란 고목치고 흠 없는 나무가 없다
지나온 세월의 아픔들
두꺼운 껍질에 거친 흔적으로 남아있고
비어버린 속내를 열어 나 아닌 남들의 객방으로
아무런 대가 없이 내어주고 있다
삶의 진실은 생존해야 하는 것
저 거칠게 굽어진 나뭇가지는 햇빛을 받기 위해
키 큰 활엽수 그늘에서 생존을 위해
끝없이 길을 찾는 생의 의지여
단풍이 아름다운 것은
단지 선명하게 붉기 때문이 아니라
주위의 모든 색이 어우러지기 때문이다
사람이 아름다운 것은
단지 홀로 뛰어나서라기보다는
주위 모든 사람과 함께하기 때문이다
자연에서 어떤 것이 신비롭지 않으랴만
연꽃은 꽃부터 뿌리까지 모두 신비롭다
모든 사람이 다 각자의 삶에 최선을 다하지만
스스로 참다움에 중심을 두고
항상 바른길을 구하는 자는
세속에 있어도 물들지 않는다

〈새와 둥지〉
70×70㎝, 한지에 아크릴, 2003

새와 둥지

자유롭고 싶어 하루 종일 걸어서

이윽고 멈춘 발걸음

외로움과 고독과 번뇌에 시달리다

비로소 찾은 평화로운 마음

새는 둥지로 돌아가고

나는 당신에게로 간다

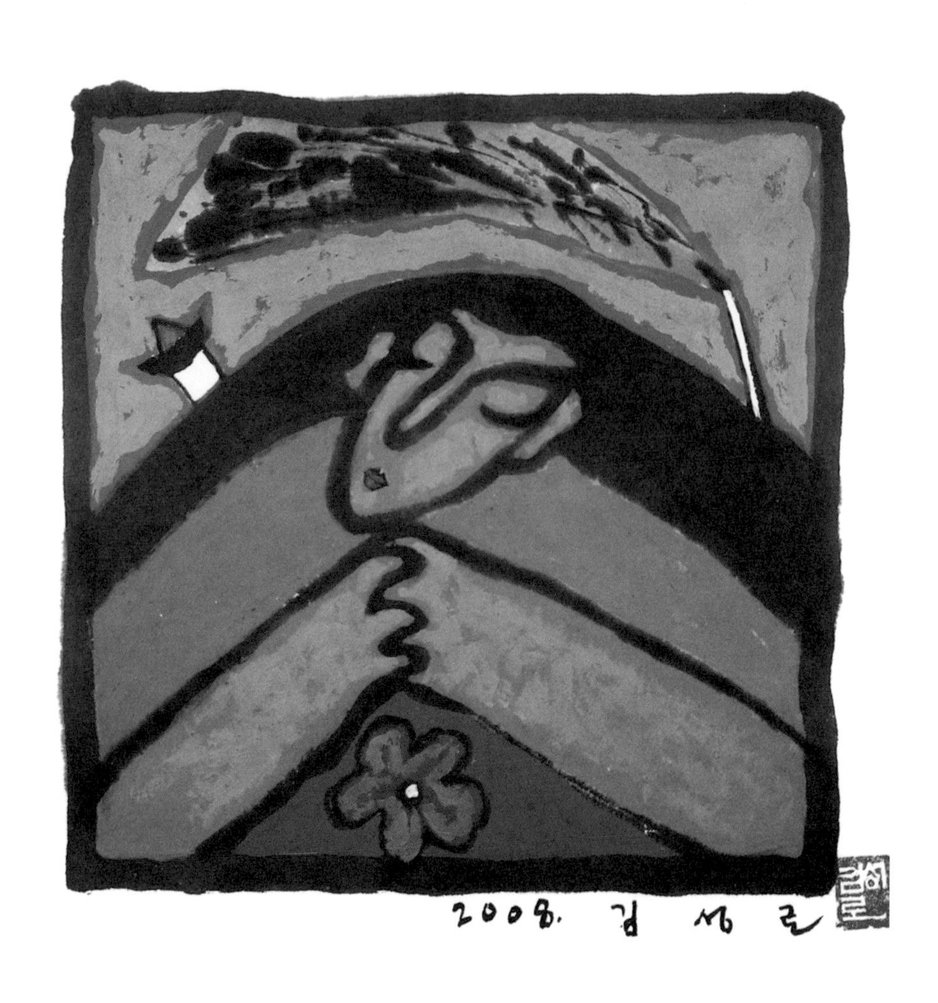

•
〈기다림은 꽃으로 피어〉
30×30㎝, 한지에 아크릴, 2008

기다림은 꽃으로 피어

아련한 꿈속의 고향

노을은 붉게 타는데

기다림은 꽃으로 피고

강물은 시간을 멈추었다

•
〈회상〉
70×70㎝, 한지에 아크릴, 2008

회상

하얗게 핀 망초꽃 사이로 가녀린 초승달
고봉산 산자락 아래 한적한 중산마을
말없이 걷고 있지만 눈길 닿는 곳마다 환하다
계절은 언제였느냐는 듯 무심히 바뀌고
새와 풀벌레 울음소리 따라 여러 해가 흘렀다
괴로움과 즐거움들이 파도처럼 계속되고
많은 일이 일어났다가 거품처럼 사라져 갔다
매 순간 죽을힘을 다해 살아간다고 생각했지만
몇 해가 흘렀나 헤아리다 보니
검은 하늘 여린 달빛과 별빛 아래
얻은 것도 없고 잃은 것도 없다

•

〈외로움〉

70×70㎝, 한지에 아크릴, 2004

외로움

이 외로움의 정체는 무엇일까
강물은 가녀린 달빛에 비쳐
죽은 듯이 멈추어 보이고
새는 둥지를 찾아 숲으로 들어갔다

〈행복〉
70×70㎝, 한지에 아크릴, 2008

행복

손에 보물을 쥐고 있을 땐

그 가치를 잊고 살다가

비 한 자락에 떨어지는 꽃잎처럼

훌훌히 멀어져 가면

그립고 아쉬운 것이 일상의 행복이다

행복하냐고 묻거든

다만 미소로 화답하는 마음은

항상 그럴 수 없음에 입가에 맺히는 쓸쓸함

살아간다는 것은

고뇌 한 줌과 욕망 한 보따리와 허무 한 톨

그리고 그 모든 것이 합쳐져서

행복한 추억으로 남는가

아픈 상처로 남는가

결국에는 망자의 넋으로 남으려는가

〈갯마을 당산나무〉
35×35㎝, 한지에 아크릴, 2008

갯마을 당산나무

갯마을 사당 앞
버려진 목선은 차츰 폐선이 되어가고
당산나무는 점점 가지를 넓게 벌려왔다
갯마을 사람들은 조개를 줍거나 고기를 낚고
바다의 향기를 온몸에 적신 후 이윽고 바다를 품었다
오랫동안 바닷가 풍경을 지켜보며
청상과부의 울음과 넋두리가 배어든 당산나무
갯마을 모든 사연은 작은 알갱이가 되어
촉촉한 바닷바람과 함께 나무속으로 들어와
아픈 옹이가 되었다
가고 싶어도 갈 수 없는 바다
해풍에 씻기고 설움과 눈물에 씻기다
커다란 고목이 되어버린 당산나무
갯마을 사람들이 모두 떠난 후
비로소 속에 감추어진 것들을 하나하나 드러내었다
싸늘한 겨울바람과 함께
떠돌다 빈손으로 찾아온 나그네
힘없이 당산나무에 기대어
공허한 눈길로 바다를 바라볼 때
갯마을 이야기 하나 화두처럼 툭 불거진다

〈어유지리의 밤〉
45×45cm, 한지에 아크릴, 2008

어유지리의 밤

어유지리에 밤이 오면 주위가 온통 칠흑이다
검은 산등성이 위로 달과 별들이
어릴 적처럼 그렇게 떠 있다
새들도 밤에는 잠이 드는가
도둑처럼 발소리 죽이고 검은 나무 사이로 걷다가
마른 나뭇가지 밟히는 소리에
소스라치며 운동장 한복판으로 나온다
크게 소리치고 싶은데 소리가 나오질 않는다
달빛 받아 하얀 운동장을
검은 나무들이 에워싸고
별들 사이로 도둑 같은 달이
무표정하게 딴 곳을 보고 있기 때문이다
밤새 묵향이 거실에서 피어올랐다
까칠해진 눈꺼풀을 애써 밀어 올리며
별빛과 달빛 어둠을 버무려
커다란 화선지 속에 빠져버렸다
엎어져 잠이 들었나
달과 별들도 무표정으로 외면하던 밤
새소리에 눈을 뜨니
수묵화 한 점이 거실에 놓여있다

•
〈나무 이야기〉
28×32cm, 한지에 아크릴, 2019

나무 이야기

잊힌 나무의 이야기를 듣기 위해서는
아무런 생각 없이 숲길에 들어서
숲의 향기로 온몸을 적시고
세상에서 가져온 지울 수 없는 상처마다
맑은 눈물로 채워야 한다
잊힌 삶의 의미를 이슬처럼
한 방울 한 방울 다시 채워야 한다

〈가을에서 겨울까지〉
70×70*cm*, 한지에 아크릴, 2008

가을에서 겨울까지

가을에서 겨울로 넘어오기까지
낙엽이 지고 철새가 날아오고
비어버린 마음속으로 찬바람이 지나갔다
첫눈이 내리고 독수리떼가 날아와
어유지리 상공을 유영할 때
시베리아에서 여기까지 날아온
그 억센 날개에서 겨울을 보았다
아픈 가을이 지나갔다

〈겨울새〉
35×35*cm*, 한지에 아크릴, 2004

겨울새

12월의 찬바람이 몰려가는 임진강 변엔
무리 지어 비행하는 새떼들로 가득하다
사람들은 새를 못 본 척하고
새는 사람들을 못 본 척한다
손을 내밀어도 서로의 거리는 항상 멀다
서로가 서로를 못 본 척하고 산다
율포리 뒷산의 무덤 위에는
커다랗고 시커먼 독수리 세 마리가 앉아
지나가는 자동차를 지켜보고 있다
시베리아에서 먼 길을 지치도록 날아왔으나
무엇이 그리 바쁜지 아무도 눈길을 주질 않는다
사람을 보는 것이 아닐지도 모른다
그래, 저 멀리
구름에 쌓인 감악산 정상이나 바라보는 것일 게다
피곤하고, 지치고, 배가 고파도
절대로 무심한 너희에게는 구걸하진 않는다고
다만, 찬 겨울비에 잠시 떨리는 몸을
진정시키고 싶었을 뿐이라고
겨울비가 내리면 철새들은 둥지에 드는 것이 아니라
인간들이 쳐 놓은 전봇줄에 줄지어 앉아
사람들 사는 꼴 구경하며 혀를 차고 있다

〈모든 별은 음악 소리를 낸다〉
42×30㎝, 한지에 아크릴, 2019

모든 별은 음악 소리를 낸다

자연 속에 서면 모든 것이 일체가 된다

풀 한 포기, 나무 한 그루, 이름 모를 야생화

잡목들 사이로 거꾸로 세상을 보면

우주는 동그라미이다

살아있는 것, 존재하는 모든 것이

제각기 어울려 한 세계를 이루었다

가슴 밑바닥에서 기쁨이 차오른다

•
〈여심〉
72.7×60.6㎝, 캔버스에 아크릴, 2012

살며
사랑하며

•
〈풍경〉
39×30cm, 한지에 아크릴, 2019

풍경

비 내리는 호수와 작은 암자

외롭게 홀로 피어있는 꽃 한 송이

평지에 홀로 우뚝한 산봉우리

검은 하늘에 안 보일 듯 떠 있는 초승달

아무 움직임 없이 나뭇가지에 앉아

허공을 바라보는 새 한 마리

묵묵히 바라보는 내 임의 옆모습

꽃가지를 꺾어 화병에 꽂으니

숲의 향기로 가득 차는 마음

•

〈봄, 사랑으로〉
30×30㎝, 한지에 아크릴, 2019

봄, 사랑으로

산수유, 개나리, 진달래꽃 벙그러지고
팥배나무도 연푸른 잎사귀를 달고 있건만
앙상한 나목으로 까치집을 혹처럼 달고서
아직도 봄을 기다리는구나, 플라타너스
멀리 보이는 임진강가엔
물오른 버드나무 새순이 곱고
어유지리 산등성이엔 살구꽃, 자두꽃
화농처럼 번져
봄날 꽃향기의 유혹에 홀렸는지
잡새마저도 거들떠보지를 않는구나
예배당 종소리에 화들짝 놀라 날아오르던 까치들
빈집만 혹처럼 빈 나뭇가지에 엮어놓고 떠났건만
차마 푸른 잎으로 빈집 가리울까 저어하여
그래도 돌아올까 기다리는 애달픈 마음으로
이 봄 아직도 벌거벗고 있구나

•
〈도화〉
70×70㎝, 한지에 아크릴, 2004

도화(桃花)

비암리 골짜기엔

도화가 서러웠다

발랑리를 지나

계곡을 타고 오르면

폐허가 된 비암리 골짜기

산비탈 돌밭 일구며

동화처럼 살던 사람들

모두 쫓겨나간 후

도화만 남아서

서럽게 피고 있다

•
〈바다〉
70×70㎝, 한지에 아크릴, 2004

바다

짙은 색으로 수평선이 뚜렷한 날
외로운 돌섬은 파도의 간지럽힘을 기다리고
나는 흰 파도로 바다를 가로질러
백사장의 발자국을 지워버린다
바다에서는 어머니 땀 냄새가 난다
바다를 보는 사람들은 서로 떨어져 있다
같이 왔어도 서로 떨어져
자신만의 세계로 잠수하고 있다
바다는 근원적인 어머니 품이기 때문이다

•
〈변산반도〉
70×70㎝, 한지에 아크릴, 2011

변산반도

멀리서 보는 풍경은 고요한 아름다움이다

넓게 트인 바다 풍경에도 맺히는 곳

그림처럼 작은 섬들이 떠 있다

거짓 없는 삶의 진실이 배인 바다

뿌연 섬처럼 맺히는

마음속 정체 모를 그리움 하나

한여름 북적대었을 바닷가 식당

모두가 떠나버린 황량한 풍경 사이로

겨울 찬바람이 매섭다

그 여백이 필요했다

아무런 기대감도 없는 텅 빈 여백이 그리웠다

그래서 먼 길을 떠나왔다

밀물 때라 바닷물을 피해서

겅중거리며 들어선 채석강

절벽 바위틈마다 맺힌 고드름이 아프다

•
〈운주사〉
70×70㎝, 한지에 아크릴, 2000

운주사

전남 운주사에 천불천탑이 있다길래

거센 비바람을 헤치며 찾아갔더니

시골 동네 아저씨 같은 미륵불이 무표정하게 서 있다

어찌 저리도 무욕의 심정으로 조각을 했을까?

수백 개의 석상과 석탑들이 한 사람의 솜씨 같은 것은

전체적인 변형 스타일이 모두 같기 때문이리라

아무리 재주가 없는 석수장이라도

저리 수많은 조각을 했을 땐

신묘한 경지에 올랐을 것이 틀림없는데

어찌 저리도 재주를 감추었는가?

경주 남산의 수많은 사실적인 형상의 석불들과

운주사의 소박한 형상의 미륵 석불들을

굳이 비교하고픈 생각은 없지만

경주 남산의 석불은 하나하나의 작품이고

전남 운주사의 석불들은 모두 뭉쳐서 하나이다

•
〈오대산 단풍〉
70×140㎝, 한지에 아크릴, 2010

오대산 단풍

가을 숲엔
단풍만 붉은 것이 아니다
계곡 물빛도, 마른 나뭇가지도
산을 오르는 나그네의 마음도 온통 붉다
감탄사를 남발하는
중년의 여린 마음을 탓하지 말라
불타오르려면 더 붉어져도 좋다
붉을 수 있는 데까지 붉어져
갈 수 있는 데까지 내달리어
사랑할 수 있는 데까지 사랑하라
산산이 불태워 버려도 좋다
어차피 낙엽처럼 떨어져 버릴 몸이 아니던가?
순수한 가을빛은
이것저것 가리지 않고 대지를 비추건만
이제 싹 틔우는 연초록 풀잎이여
깊은 계곡 음지에서 계절을 탓하고만 있다니
상원사 입구 계곡 물에 씻어
세조의 등창이 나은 것은
부처님의 가피가 아니라
무욕으로 오대산을 오른 때문은 아니었을까?
저 물드는 산을
아무 욕심 없이 거닐고 싶다

•
〈가을〉
70×70㎝, 한지에 아크릴, 2008

가을

옆에서 수군거리는 말소리는 들리지 않는다
말라가는 플라타너스 잎 사이로
점점 익어가는 들판을 건너오는 바람 소리
정중거리는 잡새들의 쫑알대는 소리로 가득 차
가을을 품은 가슴엔 아무 소리도 들리지 않는다

•
〈목장의 바람길〉
116.6×91㎝, 캔버스에 아크릴, 2019

목장의 바람길

가을을 찾으러 떠난 길

대관령의 양 떼 목장은 쌀쌀하다

홀로 떠난 길이 아니었지만

목장의 외로운 풍경 탓인지

대관령을 넘어오는 세찬 바람 탓인지

아니면 저 시원으로부터 가슴 속에 품고 있는

원인 모를 그리움 탓인지

모두들 흩어져 자기 길을 만들고 있다

언덕길을 오르며 저 너머에 무엇이 있는지

꿈꾸던 어린 시절을 생각했다

바람길을 거스르고 있지만

생각은 바람 따라 날아가고 있다

•
〈경주 남산〉
70×70㎝, 한지에 수묵담채, 2001

경주 남산

유년 시절이 흙냄새로 피어오르는
구불구불한 경주 남산 약수골 산길
초가을 숲은 간간이 마른 낙엽이 날리고
거친 호흡에 발걸음마저 흐트러진다
30여 년을 오르내린 가파른 산등성이
굵은 모래로 덮인 무덤은
봉분마저 바스락이며 스러지고
눈 아래 펼쳐진 얕은 구릉 사이
은빛 형산강을 따라 상념이 흐른다
잠시 고개를 돌리는 동안
많은 것이 사라져 갔다
무덤 자리처럼 희미해진 조상의 추억
조금씩 무너져 가는 천 년의 도솔천
배동 금오사를 거쳐 금오봉에 오르는
이름 없는 산길 모퉁이에서
숨죽인 산새 울음으로
옛이야기 끊어질 듯 전해져 온다

•
〈가을의 호수공원〉
70×70㎝, 한지에 수묵담채, 2000

가을의 호수공원

가을은
호수에 빠진 상념
호수에 담긴 하늘
흰 구름 사이로
취한 듯 비틀린 연잎 줄기
물에 빠져 하늘을 찌른다
구름 사이로 헤엄을 친다
봄부터 가을까지
하늘로 이르는 길을 찾아
허위허위 걸어온 길
늦가을 호변에 멈추어 서니
날은 저물어 오슬한 찬바람
어두운 소롯길 따라
지나간 계절의 아픈 흔적들

•
〈6월의 산정호수〉
45×45cm, 한지에 아크릴, 2009

6월의 산정호수

명성산이 맑은 호수에 빠졌다
노을이 점차 짙어가는 산정호수
둘레길을 따라 걷는 발걸음이
자주 멈추어 선다
이곳에 오면 세속의 모든 것을
호수에 버려야 한다
맑은 바람에 훌훌 날려버려야 한다
그럼에도 주춤주춤 솟아오르는 속세의 인연들
하얀 찔레꽃이 눈부시다
달밤에 나룻배 타고
찔레꽃을 꺾어 살랑살랑 흔드니
달빛에 부서지는 찔레꽃 하얀 조각들
뱃길따라 구불구불 길게 늘어져 있던 추억
문득 일어나는 그리움
눈앞의 청아한 바람 소리
새가 수면을 차오르는 소리
노을이 사라지고
검은 수면 위로 별빛이 드러날 때
더욱 짙어지는 물 내음 소쩍새 울음소리

•

〈구봉도〉

45×45*cm*, 한지에 아크릴, 2008

구봉도

새벽 찬바람
해안까지 가득 차오른 푸르스름한 바다
썰물에 드러났던 바닷길이 모두 물에 잠겨
구봉도 끝자락의 외딴 무인도는
더욱 멀고 신비하다
삶도 그러하다
오늘은 쉽게 건널 수 있는 길이
내일은 끊어져 건널 수 없을 수도 있다
세상사 새옹지마가 맞는 말이다
당장은 안개에 가려져 불투명하고
고되고 힘든 길이기도 하지만
돌아보면 그것대로 바른길이 되고 있다
짧은 삶이니 성패는 중요한 것이 아니다
정말 중요한 것은 주어진 삶을 사랑하는 것
이 아름다운 섬에도 옛날부터 사람이 살았고
온갖 애환이 서려 있을 하얀 조개껍데기 언덕에서
속으로 뇌이고 또 뇌이었다
사랑하자, 어떤 경우에도 사랑하자
사랑하며 살기에도 너무 짧은 인생이다
돌아오는 길
파도는 나의 족적을 지우고 있었다

•
〈향일암〉
70×70cm, 한지에 아크릴, 2004

향일암

내 온몸이 부러져
너에게 기대고 있지만
누구에게나 삶은 그러하다
소멸되어야 하는 것이 숙명이다
비록 조금씩 바스러져 가지만
먼 대양을 향해 최첨단에 서 있는 나는
모든 것을 버렸다
내 꿈을 향해
내 생의 목적을 향해
오로지 알몸으로 거친 파도와 싸운다
멀리서 지켜보는 하얀 등대여
공룡의 화석 등뼈같이 드러난
내 모진 세월의 흔적이여
나의 앙상한 뼈대 위에서
잠시라도 기쁨을 얻을 수 있다면
어떤 강태공에게도 등을 빌려줄 수 있다
이것 또한 나의 작은 즐거움이리니
삶은 고통스럽고 참으로 모진 것이지만
좌절하지 않고 끈기와 인내로 버틴다
하얗게 바랜 뼈대만으로 먼바다를 바라본다

〈칠봉유원지〉
70×70㎝, 한지에 아크릴, 2004

칠봉유원지

거센 파도가 몰아쳐

내 몸은 조금씩 깎이어 가지만

먼바다를 꼼짝 않고 바라보는 천 년 기다림

슬픔마저 굳어버린 나의 머리와 가슴에

언제 저 나무가 뿌리를 내렸던가

언제 저 작은 꽃들이 피고 지곤 했었던가

기다리므로 갈라진 가슴 사이로

시원한 해풍이 지나갔다

푸르고 아름다운 7월의 풍경이 보이고

짭조름한 바다 내음을 풍기는

계집아이의 싱그런 웃음도 지나갔다

파도에 떠밀려 온 소라껍데기가

발밑에서 다글다글 이야기를 전한다

삶은 이러하다고

〈용문산〉
70×70㎝, 한지에 아크릴, 2008

용문산

산봉은 구름으로 덮여 보일 듯 아련하고
추녀 끝 풍경은 빗소리에도 은은하다
보이는 듯 들리는 듯 지주에 기대인 몸
세속 시름 잠시 잊으니
푸르게 깨어나는 산빛이여!
계곡 물은 비명을 지르며
어디로 가는지도 모르고 바삐 달리는데
바위 이끼 틈에 뿌리 내린 야생초는
내린 빗물로 온몸을 흔들며 웃고 있다
이 어린 야생초는 여린 뿌리의 간절한 염원으로
언젠가 결국 바위를 쪼개는 것을
나무는 돌보지 않아도 스스로 자라고
물은 장애를 만나면
더 힘을 내어 세차게 흐른다
은행나무도 천 년을 버티기 위해
넓게 뿌리를 내렸으니
자갈을 헤치고 바위를 뚫어
물을 찾는 천 년 노력에 비한다면
인간사 눈앞의 작은 고초쯤이야

•
〈제부도〉
45×45*cm*, 한지에 아크릴, 2009

제부도

개펄 너머

먼바다로 향하는 발걸음

하늘과 땅의 경계가 모호하다

다른 행성에 온 듯한 풍경 속

우주 한가운데 미망(迷妄)의 존재

공허와 환각 사이

그 경계선을 걷는다

사막 같은 구릉 위

한가로운 구름 한 점

그리고 무심히 바라보는 나

저기 어디쯤

반짝이는 눈물이 있더라도

차마 발걸음을 떼기 어려운 외로운 풍경

풍경도 삶도

멀리서 보는 것이 아름다운 법이다

〈간월암〉
70×70㎝, 한지에 아크릴, 2008

간월암

넓은 바다만 바라보는

천수만의 외로운 간월암

만공선사의 간절한 염원이여

선사는 왜 육지를 떠나 섬으로 왔는가?

수평선 외엔 아무것도 보이지 않는 작은 섬

왜 사람들을 떠나 외진 곳으로 왔는가?

속박된 것은 몸인가, 정신인가?

어쩌면 그대 자신인지도 모른다

〈어선의 꿈〉
70×70*cm*, 한지에 아크릴, 2011

어선의 꿈

물을 만나야 떠난다오
모든 준비를 마치고도
때를 만나야 길을 떠난다오
나는 아직
진흙 펄 속에 묶여 있소
검은 갯벌이 저리 넓고
물길도 보이지 않으나
촉촉한 해풍과 비린 바다 내음
물길은 머잖아 열릴 것이오
먼 바닷길
갈매기는 멋모르고 재촉하지만
거기 꿈도 있고 죽음도 있다오
그래도 나는 떠날 것이오
바다가 내 생명이기 때문이라오
때를 만나 물길이 열리면
나의 심장은 다시 뛰기 시작할 것이라오

•
〈동학사〉
70×70*cm*, 한지에 아크릴, 2000

동학사

계룡산 봉우리 청명한 바람도 자고

산 계곡 얼음 아래 흐르는 물소리 들리는 듯

선방 비구니 스님의 침묵 속 기도

사찰 마당 백목련은 부풀어 오르는데

나그네는 말없이 푸른 약수만 들이킨다

거울 너머에 있는 너는 누구인가

초판 1쇄 인쇄 2019년 08월 05일
초판 1쇄 발행 2019년 08월 12일
지은이 김성로

펴낸이 김양수
표지 김하늘
편집 이정은
교정교열 박순옥

펴낸곳 도서출판 맑은샘
출판등록 제2012-000035
주소 경기도 고양시 일산서구 중앙로 1456(주엽동) 서현프라자 604호
전화 031) 906-5006
팩스 031) 906-5079
홈페이지 www.booksam.kr
블로그 http://blog.naver.com/okbook1234
포스트 http://naver.me/GOjsbqes
이메일 okbook1234@naver.com

ISBN 979-11-5778-391-5 (03800)

* 이 책의 국립중앙도서관 출판시도서목록은 서지정보유통지원시스템 홈페이지(http://seoji.nl.go.kr)와 국가자료종합목록 구축시스템(http://kolis-net.nl.go.kr)에서 이용하실 수 있습니다.
(CIP제어번호 : CIP2019030538)